波波鼠美食團

冬日幸福紅豆包

圖文作者：文宋賓
翻　　譯：何莉莉
責任編輯：趙慧雅
美術設計：張思婷
出　　版：新雅文化事業有限公司
　　　　　香港英皇道499號北角工業大廈18樓
　　　　　電話：(852) 2138 7998
　　　　　傳真：(852) 2597 4003
　　　　　網址：http://www.sunya.com.hk
　　　　　電郵：marketing@sunya.com.hk
發　　行：香港聯合書刊物流有限公司
　　　　　香港荃灣德士古道220-248號荃灣工業中心16樓
　　　　　電話：(852) 2150 2100
　　　　　傳真：(852) 2407 3062
　　　　　電郵：info@suplogistics.com.hk
印　　刷：中華商務彩色印刷有限公司
　　　　　香港新界大埔汀麗路36號
版　　次：二〇二一年十一月初版
　　　　　二〇二三年十月第二次印刷

ISBN: 978-962-08-7851-0
Original title: 알라차 생쥐 형제 4: 낭만 찐빵
Copyright © 2021 by Moon Chae Bin
This translation Copyright is arranged with Mirae N Co., Ltd.
All rights reserved.
Traditional Chinese Edition © 2021 by Sun Ya Publications (HK) Ltd.
18/F, North Point Industrial Building, 499 King's Road, Hong Kong
Published in Hong Kong SAR, China
Printed in China

文宋賓

貓是她創作的靈感來源。她每天都在自己經營的「無辜工作室」裏，過着充滿了貓毛和畫作的生活。《波波鼠美食團》是她第一套撰寫及繪畫的創意圖畫書，她希望藉此帶給讀者溫暖的美味感覺。大家不妨在書頁中找出她的身影吧！

冬日幸福紅豆包

圖・文：文采賓

某一個冷冷的冬日，房頂上覆蓋了厚厚的白雪。
在森林深處的歡樂小鎮裏，有七隻愛打雪杖的波波鼠。
他們就是愛玩又愛吃的波波鼠美食團！

新雅文化事業有限公司
www.sunya.com.hk

今天是去**歡樂湖冰釣**的日子。一眾波波鼠圍上柔軟的圍巾，穿上温暖的雪地靴，再戴上毛絨絨的帽子，準備就緒向着湖邊出發。

我就釣一條軟軟的魚吧！

我釣到什麼都沒所謂。

我要釣有很多隻腳的魚！

我們快點過去
一起玩吧!

湖面上已經聚集了很多歡樂小鎮的
小伙伴了。
一眾波波鼠迫不及待跑向結了**厚厚
的一層冰**、閃閃發光的湖面。

波波鼠堆了一個與他們相似度極高的雪人,

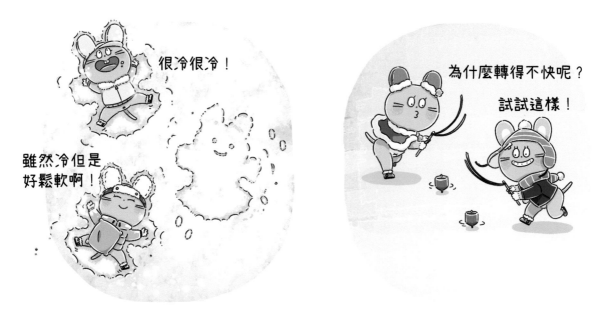

又在白茫茫的雪地上造雪天使,

還玩了不停轉的陀螺。

冬日遊樂活動又怎少得坐雪橇和滑雪呢！

拼命堆，拼命擲，拼命躲！這就是**打雪仗**的最強秘訣！

現在終於要開始冰釣啦！
釣到魚之後要用來做好吃的料理。
波波鼠在湖面的一角搭了一個小小
的帳篷。

哇！
釣到了！

果然還是燴
番薯和玉
米最好。

全身都在
發抖！

謝謝！

呼呼

滋～

滋～

這是給你
的禮物！

放了用來做紅豆
粥的紅豆啊！

鍋裏面放了
什麼呢？

準備好用來暖身體的罐裝火爐，
冰面上的小孔也鑿好了。
只要將掛好魚餌的魚竿垂下去，
冰釣就可以開始啦！

9

波波鼠們乖乖坐在各自的位置上等待着……

……大家繼續靜靜地等待着……

波波鼠們竟然放着魚竿不管了。

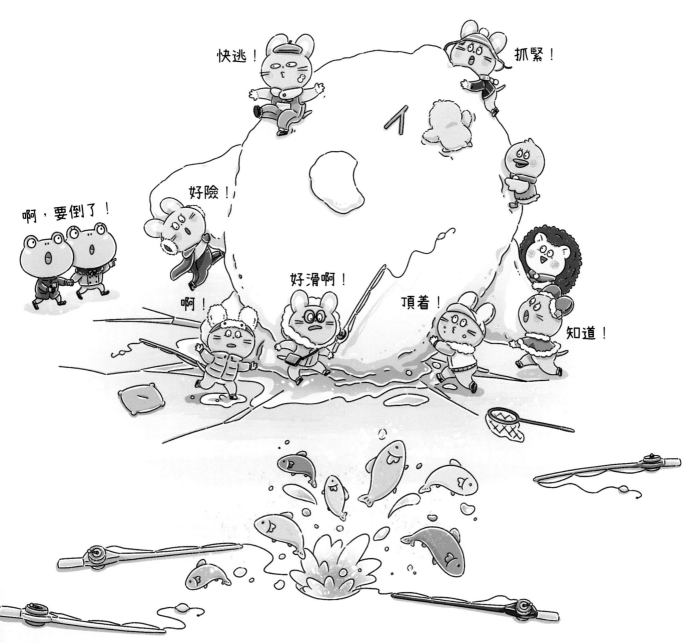

看！波波鼠們期待已久的魚兒竟然自己湧上來呢！

我有雞蛋。

我有麵粉。

我們有什麼呢？

嗯……

我們有牛奶。

大家一起努力想辦法！

我們有紅豆
和鍋。

我們有水果和
蘇打粉。

啊！

就在這時，大家想到了一個好辦法！
歡樂小鎮的伙伴們將各自的食物全部收集一起。
只要大家**齊心協力**，應該能做出一頓很豐盛的晚餐呢！

紅豆嘛……那肯定就是做那個啦！

沒錯！

用這個碗來拌勻就可以了！

番薯和玉米超大分量！

這麼多應該夠了吧？

這裏有雞蛋。

幸好我把牛奶留下來……

他們將牛奶、麵粉、雞蛋和蘇打粉倒入大碗裏攪拌。

把材料攪拌成糊狀之後，他們把五顏六色的水果放進去。

所有人合力將滿滿的餡料包
入拌好的麵糊裏。

然後認真仔細地將麵團捏
成小魚形狀。

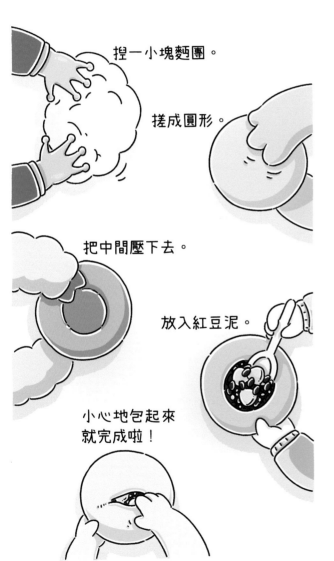

捏一小塊麵團。

搓成圓形。

把中間壓下去。

放入紅豆泥。

小心地包起來
就完成啦！

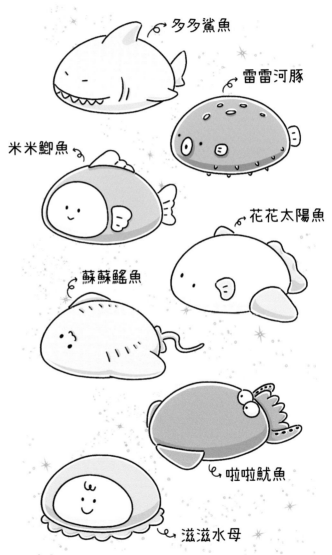

多多鯊魚

雷雷河豚

米米鯽魚

花花太陽魚

蘇蘇鰩魚

啦啦魷魚

滋滋水母

把鍋放在篝火上，等着麪團被煮熟。現在真的
只需要再等一會就可以了。

熱氣騰騰，陣陣紅豆香味
飄進鼻腔。他們小心翼翼
地打開了鍋蓋。

熱騰騰的蒸紅豆包出爐啦！這跟寒冷的冬日簡直是絕配！
細看它們的形狀……啊！不就是大家想釣的魚嗎？

在寒風呼嘯的冬天裏，吃着特別
的蒸紅豆包，好像吃出變得熱乎
乎的冬日雪花的味道。

27

「再做多些，再做多些！」
波波鼠們的紅豆包蒸完一鍋又一鍋，
與所有歡樂小鎮的伙伴們一起分享。
在雪白的冬日，帶着歡樂的氣氛，
他們還給包子取名為**「冬日幸福
紅豆包」**。

真的嗎？

嘿，要拿
一個給你
吃嗎？

剩下的幫我打包！

還有很多哦！

好暖啊！

吃完再吃
多點吧！

太美味了！

冬日的夜幕來得特別早。
雖然已到了回家的時間，
但今晚大家決定聚在一起，一同欣賞夜空。
因為冬日的夜空真的真的太美麗了。

每逢冬日，即使下着大雪、湖水結冰，
也請你來歡樂小鎮的湖畔玩一趟吧！
因為波波鼠們會為你準備熱騰騰的幸福紅豆包呢！

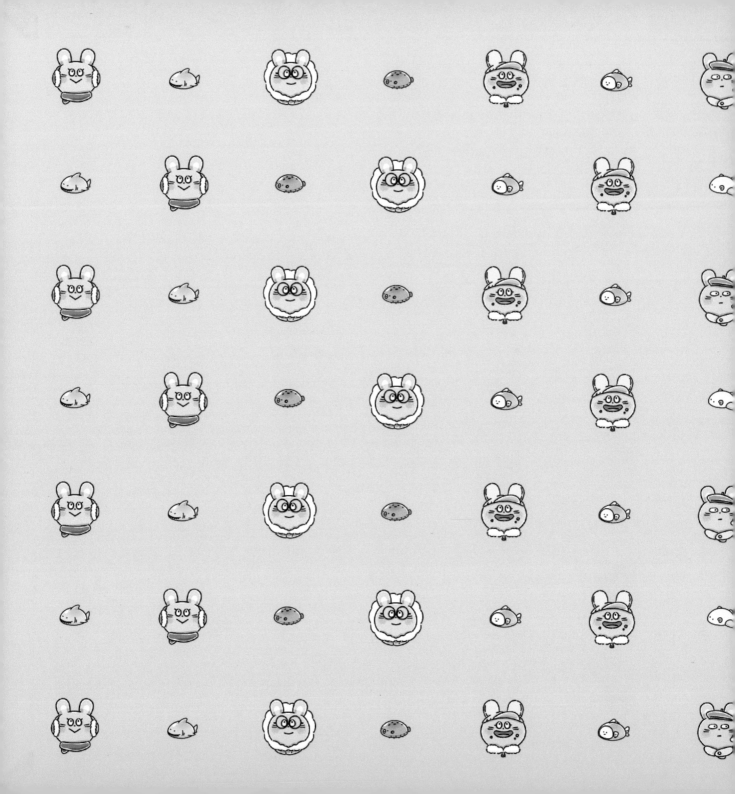